Édité par Hachette Livre – 43 quai de Grenelle, 75905 Paris Cedex 15
Imprimé par Pollina en France - L2052 – Achevé d'imprimer : mai 2014
ISBN : 978-2-01-464948-2 – Édition : 04 – Dépôt légal : mars 2014
Loi n°49-956 du 16 juillet 1949 sur les publications destinées à la jeunesse.
Pour tout renseignement concernant nos parutions, nous contacter par téléphone au 01 43 92 38 88 ou par e-mail :
disney@hachette-livre.fr

Pour l'éditeur, le principe est d'utiliser des papiers composés de fibres naturelles, renouvelables, recyclables et fabriquées
à partir de bois issus de forêts qui adoptent un système d'aménagement durable. En outre, l'éditeur attend de ses fournisseurs de papier
qu'ils s'inscrivent dans une démarche de certification environnementale reconnue.

Le royaume d'Arendelle est un endroit merveilleux, où les habitants vivent heureux. Personne ne se doute encore que le roi et la reine cachent un lourd secret…

La plus âgée de leurs filles, Elsa, possède un pouvoir magique, aussi beau que dangereux.

Elle peut geler les choses qu'elle touche et fabriquer de la neige, d'un bout à l'autre de l'année !

Aux yeux de sa petite sœur, Anna, Elsa est une fée !

Mais un soir, tandis qu'elles s'amusent gaiement, Elsa blesse accidentellement sa petite sœur.

Anna s'écroule aussitôt, secouée de frissons.

Le roi et la reine se dépêchent d'emmener leurs filles au royaume des trolls. Un vieux sage se charge alors d'effacer la mémoire d'Anna afin qu'elle ne se souvienne plus du pouvoir de sa sœur.

Ayant peur de blesser Anna, Elsa préfère l'éviter et ne joue plus jamais avec elle.

En tant qu'aînée, Elsa doit maintenant monter sur le trône.

Le jour du couronnement, Anna croise un garçon séduisant, qui a tout du prince charmant : Hans.

Hans et Anna se plaisent
tout de suite et sitôt le bal
terminé, ils décident
de se fiancer.
Mais la nouvelle reine
s'y oppose.
Sans comprendre
le danger, Anna
s'énerve contre sa sœur.

Elsa sent la colère monter… et un rayon glacé surgit de sa main !
Son secret est révélé !

Terrifiée à l'idée de blesser quelqu'un, la reine Elsa quitte précipitamment le château, en gelant tout sur son passage. Elsa escalade une montagne et s'apaise peu à peu.

Il n'y a personne aux alentours et sa peur devient aussi légère que ses beaux tourbillons de flocons...

Parvenue au sommet, la reine se fabrique un somptueux palais de glace. Ce sera chez elle, désormais.

Anna, elle, n'a qu'une hâte :
retrouver sa sœur.
Mais pour affronter
la violente tempête créée
par Elsa, des vêtements chauds
ne seront pas de trop !
Par chance, il existe
une boutique non loin de là…

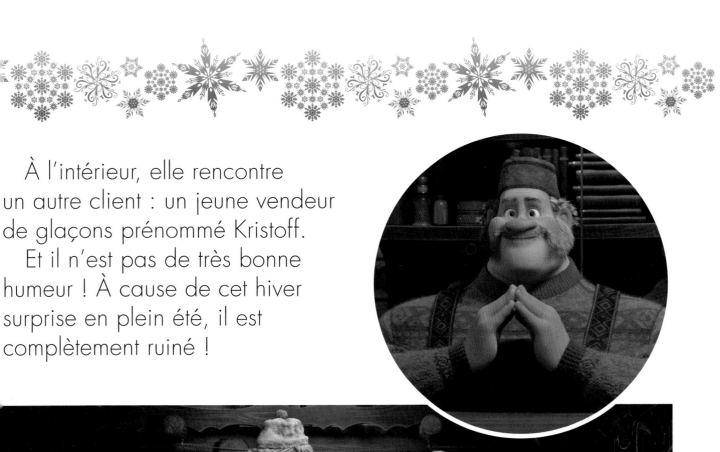

À l'intérieur, elle rencontre un autre client : un jeune vendeur de glaçons prénommé Kristoff.

Et il n'est pas de très bonne humeur ! À cause de cet hiver surprise en plein été, il est complètement ruiné !

Kristoff sait d'où le blizzard souffle, alors Anna lui propose un marché : il doit la conduire jusqu'à la montagne et, en échange, elle lui achète tout ce dont il a besoin.

Kristoff et Sven, son renne, acceptent.

Sur le chemin, Anna raconte tout ce qui s'est passé
à Arendelle. Soudain, en avançant, ils entendent
des hurlements... Des loups !

Anna aide Kristoff à repousser
la meute, mais les loups sont si
nombreux que Sven doit sauter
par-dessus une crevasse.
Ouf ! Les amis sont sains et saufs.

Tandis que l'aube se lève, le trio découvre une magnifique forêt scintillante. Ce paysage grandiose émerveille Anna.
Mais Elsa ne se contente pas de fabriquer des mondes féeriques faits de neige et de glace…

… Elle a aussi créé un sympathique bonhomme de neige du nom d'Olaf !

Lassé par la blancheur de l'hiver, Olaf ne rêve que d'été…

Après lui avoir offert une carotte en guise de nez, Anna lui demande de les conduire jusqu'à sa sœur.

Ensemble, les amis atteignent l'extraordinaire palais de la reine.

Mais Elsa ne veut pas rentrer à Arendelle. Elle pense que les gens ne pourront jamais l'accepter telle qu'elle est.

Incapable de contrôler son pouvoir, elle lance un rayon glacé, qui frappe sa sœur en plein cœur.

Blessée, Anna refuse toujours de s'en aller.

Alors, Elsa fabrique un
énorme bonhomme de neige et
le géant fait fuir les visiteurs
en courant !

Une fois le monstre semé, Kristoff conduit Anna chez les trolls. Là, un vieux sage leur apprend qu'Anna va devenir une statue de glace et que seul un véritable acte d'amour peut la sauver.
Il faut vite la ramener auprès de son fiancé !

Pendant ce temps, parti à la recherche d'Anna, Hans retrouve finalement… Elsa !

La reine est ramenée au château et emprisonnée dans le donjon.

Le soi-disant prince charmant n'avait en réalité qu'un seul but : voler le trône d'Arendelle !

Hans n'a jamais été amoureux d'Anna, et il refuse de l'embrasser pour la sauver.

Olaf a soudain une idée : et si Kristoff donnait un baiser à Anna ? Il ne faut pas être aussi malin qu'un troll pour comprendre qu'il est fou amoureux d'elle.

Anna retrouve Kristoff. Mais le jeune vendeur de glaçons n'est pas seul dans le fjord gelé.

Hans est sur le point de frapper Elsa avec son épée ! N'écoutant que son cœur, Anna rassemble le peu de forces qu'il lui reste pour protéger sa sœur.

À l'instant même où elle devient une statue de glace, Hans abat son épée… Et la lame se brise sur le corps glacé d'Anna !

En pleurs, Elsa étreint sa sœur.
Elle est tellement désolée !
  C'est alors qu'une chose
incroyable se produit : Anna
retrouve son apparence !
L'amour de sa sœur l'a sauvée !
  Avec l'affection d'Anna,
Elsa peut ramener l'été…

Les habitants accueillent leur reine à bras ouverts et Kristoff décide de rester à Arendelle.

Plus de chagrin, ni de peur, c'est seulement le bonheur qui emplit le cœur des deux sœurs…